L'INOCULATION,

O D E.

Par M. DORAT.

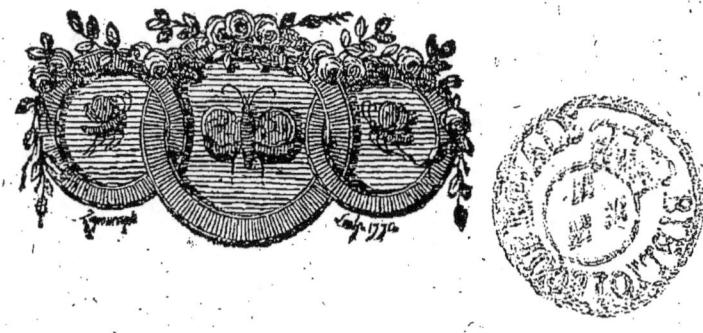

A PARIS,

Chez MONORY, Libraire de S. A. S.
Monseigneur le Prince DE CONDÉ, rue
de la Comédie Françoise.

M. DCC. LXXIV.

M. DE LA CONDAMINE, ce Philofophe
ami de l'Humanité, fut un des plus zélés
partifans de l'Inoculation; & cette feule
autorité fuffiroit pour en garantir les
avantages. Son fentiment étoit fondé
fur des preuves invincibles, & fur la ré-
vifion exacte des calculs les plus déter-
minans.

QUELLE eût été fa joie, s'il eût
pu, avant que de mourir, s'appuyer de
l'exemple augufte que nous avons aujour-
d'hui fous les yeux!

JE NE SAIS par quelle fatalité les Arts
bienfaifans trouvent prefque toujours,
dans leur naiffance, les plus violens con-
tradicteurs. Il femble qu'un malheureux
inftinct, attaché à notre nature, force
les hommes (fur-tout ceux qui vivent

en fociété) à rejeter d'abord ce qui leur
eft utile.

Les Anglais eux-mêmes, ce Peuple
qui cherche la vérité avec ardeur, ou
qui l'ofe défendre avec courage, les Anglais ont commencé par profcrire l'Inoculation.

Ce fut Lady Montagu qui, à fon retour
de Conftantinople, la fit adopter à Lon-
dres. Elle avoit elle-même inoculé fon
fils. Son éloquence féduifit la Cour, la
Cour entraîna la Nation, & c'eft à la
tendreffe éclairée d'une mère que tout
un Peuple eft redevable des progrès d'un
Art dont il eft devenu le plus ardent
Apologifte.

En vain le déclamateur *Maffé* l'at-
taqua dans une diatribe publique, &
crioit aux Anglais que *la lèpre de Job
venoit de ce que le Diable l'avoit ino-*

eulé ; ils crurent davantage au Difcours du fage Evêque de Worcefter, & , pour la première fois peut-être, la Philofo-phie vraie l'emporta fur le fanatifme, dans l'efprit de la multitude.

JE NE RÉPÉTERAI point ce que des plumes favantes ont écrit à l'avantage de l'Inoculation. Son utilité eft conftatée par fes fuccès ; mais l'amour & le refpeſt pour les Têtes illuftres qui viennent d'en fubir l'heureufe épreuve, m'ont infpiré quelques accens qui n'ont d'autre prix, fans doute, que les fentiments qu'ils an-noncent, & le zèle qui les anime.

C'EST à la Nation que je les offre ; à cette Nation qui vient d'accueillir avec une bienveillance fi encourageante l'Ode fur *le nouveau Règne.*

LA GRANDEUR du fujet, l'importance des objets que j'y traite, autorifoient,

je crois, le rhythme grave & majeftueux
dont j'y ai fait ufage. Je n'ai eu garde
de l'employer dans l'Ode fur l'Inoculation. Moins les idées font impofantes en
elles-mêmes, plus il faut que leur marche
foit précipitée.

Le genre de l'Ode eft, depuis long-
temps, décrié parmi nous; mais j'ofe
croire que le feul moyen de le faire re-
vivre avec quelque fuccès, c'eft de le
rendre National. *Rouffeau* lui-même, ce
Poëte fublime qu'on cherche à dégrader
dans le défefpoir de l'atteindre, *le grand
Rouffeau* auroit donné moins de prife
aux détracteurs modernes, s'il eût réfer-
vé pour des fujets moins vagues toutes
les richeffes de fon imagination. Il fe
fioit à la force de fon génie, à la magie
de fon pinceau, & à l'élégance continue
de fon expreffion: toujours noble, toujours harmonieux, peut-être quelquefois

n'a-t-il pas un but affez marqué, & les beautés purement poétiques ne remplaceront jamais, à la longue, le fond des idées qui appartiennent à tous les temps.

Quoi qu'il en soit, je ne craindrai point de facrifier quelques veilles à ce genre de poéfie le plus élevé; & le plus fait pour confacrer les grandes époques.

Sous un Règne où l'on veut le bien, que de vérités intéreffantes on peut revêtir du charme de la Poéfie! L'âme la plus patriotique a befoin, pour fe développer, du concours des circonftances. Elles fe réuniffent toutes aujourd'hui en faveur de l'Ecrivain qui aimera fa Patrie, fes Maîtres, & le bonheur des hommes. C'eft le moment de plaider leur caufe, de porter leurs vœux au pied du Trône,

A iv

de célébrer à la fois & l'amour qui obéit, & la bienfaisance qui règne, de précautionner une ame jeune & avide de lumières contre les piéges de l'adulation, de s'élever contre ces tyrans subalternes qui déshonorent les Rois, & de parler ou d'écrire avec cette franchise courageuse qui est le plus bel éloge du Monarque, & le droit le plus cher du Citoyen.

FLORES ET FRUCTUS.

L'INOCULATION.

ODE.

QUE la raifon de l'homme, incertaine & tardive,
S'affranchit lentement du joug qui la captive!
L'Erreur à chaque inftant prompte à nous égarer
Abjure l'art qui fert pour celui qui peut nuire,
Et les foibles mortels, hardis pour fe détruire,
   Tremblent de s'éclairer.

FAUT-IL forger l'acier en glaive parricide,
De l'airain bouillonnant faire un tube homicide,
Servir ces Deftructeurs, qu'ils nomment des Héros?
Aveugles inftrumens, déjà leurs mains font prêtes;
Ils aiguifent le fer qui fait tomber leurs têtes
   Aux pieds de leurs Bourreaux.

MAIS, s'il faut ou combattre ou fléchir l'injustice,
Prévenir un malheur, déraciner un vice,
Éclaircir des abus le chaos ténébreux:
La coutume arrogante, ou la crainte infidelle
Repousse, en frémissant, la lumière nouvelle
     Qui nous rendroit heureux.

SUR LE TEMPS appuyée, en vain l'Expérience
Ose des droits de l'homme embrasser la défense:
Que peut un Sage, hélas! contre mille imposteurs?
Sous la garde des loix le préjugé circule:
On atteste le Ciel, & la Terre crédule
     Punit ses Bienfaiteurs.

COMBIEN d'infortunés, qu'aujourd'hui l'on encense,
Ont baigné de leur sang l'autel de l'Ignorance!
Que n'eut point à souffrir l'auguste Vérité!
Le poison, les poignards sont dirigés contr'elle:
A ses concitoyens Socrate la révèle;
     Il meurt persécuté.

DESCARTES prouve un Dieu, foudain le Fanatifme
Vient, la torche à la main, l'accufer d'athéifme.
De l'axe du Soleil démontrant le repos,
Le fameux Galilée eft déclaré coupable,
Et l'on couvre d'affronts un vieillard vénérable,
  Blanchi dans les travaux !

O MALHEUREUX HUMAINS ! l'habitude indocile
Profcrira donc toujours ce qui vous eft utile !
Eh ! ne voyons-nous point cent détracteurs ingrats
Contre un Art bienfaifant s'armer avec furie
Pour ce monftre hideux qui, né dans l'Arabie,
  Vint fouiller nos climats ?

DANS fa première fleur il flétrit la Jeuneffe ;
Il moiffonne l'Enfance, il atteint la Vieilleffe ;
Il n'épargne beautés, vertus, âges, ni rangs :
De fes poifons fubtils la rapide influence
Corrompt la terre & l'air, le toit de l'Indigence,
  Et les lambris des Grands.

On l'a vu, j'en frémis, interrompant nos Fêtes,
S'élancer tout-à-coup sur les plus nobles Têtes,
Dans le même cercueil les plonger à la fois;
Joindre au plus tendre Époux son Épouse chérie,
Et ravir à l'amour, aux vœux de la Patrie
      Les Enfans de nos Rois.

N'importe, il peut frapper, entasser ses Victimes,
Et combler de la Mort les dévorans abysmes.
Cette terre plaintive est vouée aux fléaux,
Et, d'un bras inflexible écartant notre égide,
Pour nous dicter ses loix, l'Opinion stupide
      S'assied sur des tombeaux.

Monarques, c'est à vous de renverser l'Idole.
La plainte des Sujets n'est qu'une arme frivole;
Le Peuple en vain gémit sous le joug abattu :
Mais l'exemple peut tout lorsqu'un Prince le donne;
Les Rois forment nos mœurs; tout émane du Trône,
      Le vice & la vertu.

LE CIEL entend mes vœux! Fuyez, vaines alarmes;
François, applaudissez , Amours, séchez vos larmes.
De l'affreuse Euménide on éteint les flambeaux;
La tige des BOURBONS saura triompher d'elle ,
Et verra s'affermir, plus pompeuse & plus belle,
     Ses fertiles rameaux.

UN SOUVERAIN chéri, dans le printemps de l'âge
Développe à nos yeux la fermeté d'un Sage.
Par une épreuve heureuse il veut nous rassurer ,
Et d'un venin choisi, qu'un Art savant modère,
Il reçoit dans son sein l'atteinte passagère
     Qui le doit épurer.

AINSI que par le sang, unis par la tendresse,
Ses deux Frères, qu'imite une jeune Princesse,
Partagent , sans trembler , cet effort courageux;
Et désormais leurs jours,dans un calme durable,
Ne redouteront plus d'un mal inexorable
     Les retours orageux.

VENTS PROPICES, foufflez! Naiffez, préfens de Flore!
De l'azur le plus doux que le Ciel fe colore!
Que l'Aftre de Vénus jette des feux nouveaux!
O Nymphes de Marly, préparez vos offrandes :
De Rofes & de Lys, treffés dans vos guirlandes,
Parfumez ces berceaux.

QU'ENTENDS-JE ? Un cri s'élève ! Une agile Déeffe
Ramène fur vos pas la folâtre Alégreffe.
Des pampres les plus verds fon fceptre eft enlacé :
Le Bonheur lui fourit ; l'Infortuné l'adore ;
Elle vole, commande, & du Dieu d'Épidaure
L'Autel eft renverfé.

TROIS BRILLANS REJETONS que le Ciel nous ménage,
Étendent fur le Trône un pacifique ombrage.
La France croit renaître en les voyant fauvés.
Elle contemple en eux fa gloire héréditaire,
Et bénit le fecours de cet art falutaire
Qui les a confervés.

MÈRES, que craignez-vous, quand votre Roi lui-même
Vient de frayer la route à son Peuple qu'il aime ?
A vos Filles offrez son heureux dévoûment.
Qu'elles suivent enfin des traces fortunées !
Ou peut-être ces Fleurs, dans vos bras moissonnées,
    Ne vivroient qu'un moment.

L'ESCLAVAGE n'est plus ; nos progrès vont éclore.
Ils naîtront ces beaux jours dont j'apperçois l'aurore !
Le pouvoir moins aveugle en sera plus sacré.
Je vois fuir les erreurs qu'adoptoient nos Ancêtres,
Et l'Univers plus libre aimera mieux ses Maîtres
    Qui l'auront éclairé.

FLAMBEAU de la Raison, organe du Génie,
Console nos climats, douce Philosophie,
Qu'osent déshonorer de barbares crayons !
De tes faux Sectateurs chasse la foule obscure,
Fais chérir les Vertus, & poursuis l'Imposture
    Du feu de tes rayons !

DÈS que tu règneras, une crainte servile
Ne refroidira plus le desir d'être utile.
Les Rois se livreront à des conseils plus vrais;
Et leur autorité , plus sage & plus solide ,
Ne sacrifiera point au préjugé timide
   Le bonheur des Sujets.

DES PHIDIAS alors les ciseaux énergiques
De Bustes révérés orneront nos Portiques.
Le bronze nous rendra les traits de la Bonté ;
Et les Arts réunis pour embellir la France
Dresseront deux Autels ; l'un à la BIENFAISANCE,
   L'autre , à la VÉRITÉ.

Lu & approuvé à Paris , ce 29 Juin 1774, MARIN.
 Vu l'Approbation , Permis d'imprimer ce 30 Juin
1774 ,   *DE SARTINE.*

De l'Imprimerie de MICHEL LAMBERT ,
rue de la Harpe , près S. Côme.